AF435424

365

Jonatan Sanz Chao

©365

© Jonatan Sanz Chao

ISBN papel 978-84-686-0711-5

ISBN ebook 978-84-686-0712-2

Impreso en España

Editado por Bubok Publishing S.L.

*A la estrella que iluminó mi camino
y a la que me guía actualmente.*

INDICE

INVIERNO

Manto de frío
Reinado de la Luna
Blanca nieve.

EMPACHOS

Y por fin llegaron las fechas
en las que se reúne toda la familia,
algunos apreciados otros temidos
y aborrecibles, pero al fin y al
cabo sean propios o impuestos familia.

Y todo es empezar a comer y beber,
pasar la Nochebuena, la Navidad y San Esteve.
Embutidos, gambas, patés, carnes, pescado,
Sopa de galets, canelones…
y para rematar como no, los protagonistas
de la noche, los turrones, polvorones,
mazapanes, neulas y compañía.

Comer y no parar de comer durante horas
haciendo copiosas sobremesas,
lo bueno o lo malo según se mire
es que sólo se da una vez al año.

REYES MAGOS – SORTEO NIÑO

Otra fecha más para hacer regalos
Melchor, Gaspar y Baltasar
los reyes magos de oriente,
que nos dejan regalos y facturas
para abultar los gastos a lo que
ya hemos incurrido con el hombre
vestido de rojo y que luce barba blanca.

Como consuelo queda el sorteo del niño,
que otorga a los más afortunados acabar
bien las Navidades y empezar el año
de manera espectacular, sin tener
que preocuparse de nada más que
de saber descorchar el champán
y salir en la típica imagen televisiva anual.

Sin embargo para la gran mayoría queda
volver a la realidad, y hacer frente al nuevo año
con los típicos propósitos y promesas
que nunca se acaban llevando a cabo.

REBAJAS

Comienza la locura y el desenfreno,
la carrera para encontrar la ganga
ha comenzado.

Turbas ansiosas se lanzan a las tiendas
para arrasar con las rebajas, y hacer
caso omiso a la temida cuesta de Enero
que deja una gran pendiente despúes
de tener que lidiar con las Navidades.

Unos compran por necesidad y llevan
esperando durante tiempo el momento,
otros o mejor dicho otras compran
por puro afán y diversión.

SAN ANTON

Patrón de los animales,
y todos como animales
bautizamos a nuestras mascotas.
Animales bautizando animales,
como máquinas que crean máquinas.
Al fin y al cabo otra tradición más
para aquellos que tienen mascota.
Al fin y al cabo es uno más
de la familia, o eso se dice.

HIELO

Llega el viejo invierno con su blanco manto
que lo cubre todo y deja el vacío,
hiela los ríos y se adueña de montañas,
impone su ley en la calle
y todos como plebeyos cedemos
ante su presencia y nos cubrimos
con las prendas que más abrigan
para recibirlo y sufrir su desazón.
Llanto profundo de Deméter
para expresar su dolor
por el engaño de Hades a Perséfone.

CARNAVAL

Llega la hora de las máscaras
de los disfraces y de las comparsas,
época para el desenfreno, comer carne
hacer excesos y no privarse de nada.

Todo empieza con el jueves lardero,
día del chorizo al puchero,
día del comienzo de las festividades.

Ya se empiezan a escuchar las comparsas y chirigotas,
poniendo banda sonora al carnaval,
y sonando por doquier con su humor y su sátira.

Mientras las calles quedan invadidas
por carrozas y desfiles
que llenan de luz y color la noche.

Y finalmente acabar el miércoles de ceniza
con el trágico entierro de la sardina
y con la cuaresma llamando a la puerta.

FRIO

No existen palabras para expresar el vacío,
todas las palabras son sucias e inertes
para tratar de expresar el revuelo de tu partir.

El haberte encontrado,
después de todo lo malo pasado juntos,
después de tanto haber luchado y
por fin lograr ver la luz.

Las noches se vuelven estériles
y la cama un bloque de hielo,
pero no perderé de vista
la luz que me guíe a tu corazón.

Y soñaré con ella día y noche
hasta reencontrarme contigo,
y desatar la primavera y todos
los colores del arco iris.

ESCARCHA

Todo inerte y gris
los colores están desaparecidos,
sólo queda la opresión
del frío que nos encoje
y nos hace más pequeños,
la única medicina es taparse bien
y tomar cosas calientes.

Se suceden los grises días
como lápidas en el cementerio,
un largo corredor anodino
donde la luz queda muy
lejana al final del túnel.

No hay sabor ni olor
todo es blanco y negro,
un halo helado
impera en las calles,
tachar los días se hace

un pasatiempo en espera
de dejar atrás la escarcha
y dejar entrar al Sol.

GRIS

El frío de la lejanía
trae tu recuerdo a la memoria
y las tardes soleadas
se diluyen entre la nieve,
todo queda lejano, difuminado
y los buenos momentos
están helados y temblando.

El calor de tu mirada
queda tapado entre las nubes,
el gris se sucede sin fin
haciendo que los días
sean repeticiones
de una misma película sin fin.

El tedio de levantarse cada mañana
para cumplir con el trabajo
y tener que transitar las frías calles,
sólo se aguanta al saber
que al final del invierno
llegas tú con la primavera.

NIEVE

Manto blanco que cubre las montañas,
se posa en sus cimas, laderas y valles.
Cristales de hielo que visten
de traje nupcial a la naturaleza,
quedando a la merced de aquellos
que esperan ansiosos mancillarla.

Aquellos que juegan
a tirarse bolas de nieve o
hacer muñecos con ella,
eso sin olvidar los
que prefieren deslizarse
sobre ella cuesta abajo.

Año de nieves año de bienes,
eso es lo que dicen,
y sin duda alguna
las pistas de esquí
siempre se quejan
y se resienten
al notar su ausencia.

SANT MEDIR

Una de las fiestas más dulces de Barcelona,
las calles se llenan de niños y mayores,
todos dispuestos a llevarse un buen botín de caramelos.
Como si del desfile de los Reyes Magos se tratara,
Gran de Gràcia se llena de carrozas.

Las diferentes collas desfilan
acompañadas por bandas y caballos,
para recrear la peregrinación
anual del panadero que se
encomendó a Sant Medir,
para mejorar su salud.

Actualmente fecha
para recolectar caramelos,
y darle otro uso al paraguas
que el de parar la lluvia,
los más ingeniosos ya sabrán
a que me refiero.

ABRIGOS Y BUFANDAS

Parecemos cebollas con tantas capas,
abrigados hasta los ojos
para no dejar ninguna parte descubierta
a la intemperie y a la merced del frío.

Jerseys, chaquetas, bufandas, gorros
guantes, todo es poco para no pasar frío,
vestirse cada día es como el ritual
del guerrero al prepararse para la batalla
enfundándose su armadura.

Salimos de casa previstos para enfrentar al frío
y cuando llegamos a destino,
el ritual inverso se debe realizar, quitándose
todas las capas sobrantes y demás complementos.

Sin duda mucho peor la segunda parte pues
según donde se vaya surgen las incomodidades
de tener que buscar sitio donde dejar las prendas,
a veces por pereza de abrigarse y desabrigarse
y pasar frío, sale más a cuenta quedarse en casa.

PRIMAVERA

Sol y alegría
Colores y energía
Olores vivos.

DESPERTAR

Ya se empieza a acelerar todo
y noto que la sangre va brotando de nuevo,
las alegrías del calor se empiezan a exhibir
y parece que las calles cobren vida y vistosidad,
los ojos se despiertan del letargo del invierno
y no paran quietos con tanta flor suelta en la calle,
los olores inundan todo de colores mientras el Sol
sonríe plácidamente mirando todo en las alturas.

TIEMPO LOCO

Que loco está el tiempo,
que llueve y luego hay Sol,
por momentos te notas
que el calor te empieza a mermar
y al instante el frío te recuerda
que todavía no es verano.
Y para no despistarte
el cielo te regala la lluvia
y los olores
que se desprenden del césped
y la tierra mojada.

LLUVIAS MIL

Llega al esperada lluvia
que tanto hace falta,
para llenar pantanos
y humedecer el ambiente
de cara al verano para
que no hayan tantos
incendios, aunque
algunos sean provocados
por los ya típicos pirómanos.

Empieza a llover y el ambiente
se va saneando, la lluvia se lleva
la contaminación y nos deja
como regalo la eclosión
de flores, plantas y árboles.

Nunca la lluvia es tan bien recibida,
pues su presencia es el nutriente
necesario para afrontar esta estación
y poder así disfrutar de su máximo esplendor.

PRIMER VERDOR

Llega la primavera,
las flores empiezan a despertar,
y sus colores y aromas brotar,
dejando la madre Tierra
más hermosa y juvenil que nunca.

Llega el tiempo de sembrar árboles frutales,
legumbres y hortalizas.
Y que bien sienta el llenarse los ojos de colores,
y el alma de olores,
y dejarse llevar por la orgía de vida
y abrir el corazón de par en par.

PROCESIONES

Se desata el fervor y los sentimientos
de las hermandades,
los pasos esperan impacientes salir de procesión
si la lluvia lo permite.
Un año esperando fundirse con los cofrades
y la admiración de devotos y curiosos.

Todo comienza con el Domingo de Ramos
conmemorando la entrada de Jesús en Nazaret,
las calles se llenan de Palmas y miles de niños
jugueteando con ellas y vestidos de domingo,
nunca mejor dicho.

El Jueves Santo llega la última cena,
y las despedidas y las traiciones
se ponen encima de la mesa,
para sellar el destino del elegido.

Ya se oyen los tambores y clarines,
es Viernes Santo y los Turbos se encaminan
a reclamar al "hombre" para acompañarlo
camino del calvario a su crucifixión.

En Sábado Santo todo es tristeza y dolor,
Jesús ha muerto y el desazón queda presente
las procesiones descansas y las calles
recobran su paz habitual.

Por fin Domingo de resurrección,
alegría y felicidad por doquier
puesto que Jesús ha resucitado.

Y así más o menos transcurre
la semana santa para aquellos
que participan de ella y
mantienen vivas las procesiones,
y no aprovechan el puente para
evadirse de la rutina diaria.

FERTILIDAD

Qué bonita la lluvia que alimenta la naturaleza,
le da beber para que crezca fuerte y hermosa
y pueda enseñar su máximo esplendor.
Lluvia que también riega mi corazón y hace
crecer mi amor por ti, que cada vez arraiga más fuerte.

Primavera oh Primavera
que haces encender las hogueras de la pasión, la pasión
de los amores que surgen como los primeros brotes
y que van creciendo y haciéndose más fuertes.

Primavera oh Primavera
que dulce es tu aroma que es elixir y fruto inagotable
de inspiración y de alegría para el alma, que dulce
la caricia del Sol en la piel aportando energía.

Primavera oh Primavera
que hiciste prender la llama de la pasión en mí,
y romper las riendas del conformismo del invierno,
y ser amante y amado, y fundirme en el deseo.

LUZ

Cuán fuerte palpita mi corazón
donde renacen los brotes
y raíces de la pasión,
cada segundo sin ti
son mil inviernos desterrado,
que bien hueles y cuanta luz
emana de tu bello rostro,
que duras las noches de soledad
en las que no estás en mi lecho,
tú sonrisa la luz que hace brotar las flores,
tú mirada toda una vida.

DOS PALABRAS

Nunca había temblado tanto
sentí mi cuerpo estremecer,
y por mi interior un rayo
electrizó todos y cada uno
de mis sentidos.
El aire se paró y todo alrededor
se desvaneció, no dejando rastro
alguno de haber si quiera existido.
Sólo estábamos tu y yo compartiendo
la inmensidad de aquellos segundos,
segundos en los que quedé inmóvil
al escuchar las mágicas palabras,
que de tu corazón salieron
y recibí tus labios para fundirnos en
la eternidad fugaz de aquel instante.

RESPLANDOR

Todo se para sin tu mirar
y me cuesta hasta el respirar,
sólo alcanzo a dormir
si sé que te puedo sentir,
la paz que me dan tu abrazo
no la he encontrado en otro regazo,
siento la calidez de tu fuego
que me hace encontrarme de nuevo,
el Sol me transmite su calor
y me vuelvo a sentir triunfador,
sólo con tu amor
soy un ganador.

ALERGÍA

La alegría y la felicidad
llegan con la primavera,
sin embargo no todo el mundo
está feliz y contento,
algunos temen y maldicen
su llegada, pues la primavera
viene acompañada
de su amiga alergia,
y los que la sufren
no están para olores
ni flores ni colores,
pues con los estornudos
el picor de ojos y los
mocos que segregan,
no les queda otra
que disfrutar del buen
tiempo y resignarse
con su fastidiosa carga.

VIDA

Los animales y bichos despiertan,
todos se quitan las legañas
para salir al Sol y disfrutar del buen tiempo.

Ya sobran las prendas de abrigo,
apetece ponerse de corto
y empezar a enseñar carnes.

La pereza queda atrás
y no vale la excusa del frío
para dejar de hace cosas.

Parques y jardines
exhiben su esplendor
para regalarnos miles de colores y olores.

Darse un baño de Sol
resulta la mejor opción
para recargar las pilas.

E irse preparando
para el verano
y en quitarse los kilos de más.

LA MONA

La fiesta más dulce de la primavera llega,
miles de niños esperan con ansia recibir
su preciada mona de manos de su padrino.

Las pastelerías florecen de júbilo
y exponen sus mejores monas
en sus escaparates,
miles de figuras clásicas
y de dibujos animados
provocan el asombro
de los transeúntes.

Y es que no es para menos
ya que algunas son auténticas
obras de arte que da pena
que estén destinadas
a ser consumidas.

VERANO

Calor secante
Tranquilidad lumínica
Longevos días.

CALOR

Ya sube el mercurio y todo se empieza a derretir,
hondas de calor reblandecen las ganas de todo,
los que se aventuran a salir de casa durante el día
sufren el azote y castigo de un Sol incesante.

Cascadas de sudor emanan por los poros,
todos huyendo del Sol y buscando sombra
como aquel que, sediento de tanta calor
busca una fuente donde saciar su sed.

Todo se hace pesado y agotador, hasta el pensar
resulta un gran esfuerzo envuelto en sofocos,
y el hidratarse es más necesario que nunca.

SANT JOAN

Ya se huele la pólvora, y el ambiente se
carga de humo y ruido ensordecedor
de las miles de explosiones que se dan
relevo, para musicar la noche
más corta del año y la más mágica.
Es noche de verbena, de petardos y de coca.

Se encienden las hogueras
y las llamas claman por llegar al cielo y arrebatar
el lugar de la Luna, tiñendo el manto
de la noche de un rojizo cobre.
Fuego en la arena, miles de hogueras
para purificar y festejar
la fiesta pagana, llena de mitos, leyendas y rituales.

Las playas se llenan como si fuera
un día de verano
en el que se reúne gente
para tomar el Sol, pero el propósito es otro,
los jóvenes festejan Sant Joan con osados saltos por
encima de las hogueras,
llenos de fervor éxtasis y otras sustancias que
recorren sus cuerpos.

Todo ello acompasado por las orquestas
de turno a pie de playa o
por los "discotecas" montadas
por cada grupo, y así transcurre la noche
entre risas, incendios atendidos
por bomberos y ambulancias
socorriendo los quemados.

CANCIÓN DEL VERANO

Llega el momento más odiado
y más esperado por algunos,
la canción del verano,
el título honorífico que no sirve de nada.

Más bien dicho sí que sirve,
sirve para contaminar acústicamente,
para hacer imposible escuchar la radio,
para amenizar los chiringuitos,
para servir de excusa para bailar
y aprenderse la nueva coreografía estival,
para por la noche servir de coartada
a los más avispados para acercarse
a sus "víctimas" y rozarse con el objetivo

del típico "rollito de verano".

Pero de que hablan estas canciones, de bailar,
de sexo, de comer, de machismo,
sin razones que nadie entiende,
y que a nadie le importa, pues en el fondo sólo
cuenta pasarlo bien, tomar el Sol,
ir de vacaciones y recargar fuerzas para la vuelta.

MOSQUITOS

Ya están aquí los vampiros veraniegos,
atacan sin previo aviso, invisibles, indetectables,
acechan a cualquier momento para extraer el valioso
líquido rojo que fluye por tus venas.

Beben hasta saciarse, hasta no poder más,
y de regalo te dejan un escozor progresivo que se
hace como una varicela.

Miles de artilugios e instrumentos para eliminarlos
pero siempre están ahí, acechando, esperando,
sin dejarte disfrutar de la siesta,
de las tapas en las terrazas, del tinto de verano,
de la paella.

Y por la noche aún es peor, puesto que si por el día
aún con suerte les puedes dar caza, por la noche se
visten de nocturnidad y su vuelo
rasante corta el silencio de la noche,
dejando patente su presencia,
y sus intenciones de ser como Drácula y asestar su
beso mortal en cualquier

parte descubierta de tu cuerpo,
para así succionar tu sangre que les da la vida.

Y así perpetrar su especie
y hacer su puesta de huevos,
para hacer crecer su ejercito
de vampiros que se multiplica sin cesar.

PLAYA

Llega el delirio de ponerse moreno,
de conseguir el bronceado perfecto,
de estar divino para lucir tipito
y de pasar horas en el desierto.
Pero eso sí, bañado por el Mar,
rodeado de chiringuitos,
de vendedores ambulantes
y de duchas, papeleras y servicios.

Sin embargo hay quien sigue enterrando
sus escombros en la arena, o los supuestos
olvidos de recoger las sobras de los planificados
picnics que se acontecen, pues ir a la playa
es un acto de los más planificado por algunos y
que nada dejan a la improvisación.

Todo empieza por madrugar y coger un buen sitio,
a partir de ahí se trata de montar
el campamento base,
toallas, sombrillas, tumbonas, nevera, periódico…
y pasar el día entero en la playa con toda la familia.
Otros prefieren pasar menos tiempo
y comer en el chiringuito,

los más apurados tiran de los bocatas
de toda la vida.

Y entre baños, bronceados, palas, balones,
boley y miradas indiscretas,
transcurre la temporada de playa.

HELADOS

De todos los colores, de todos los sabores,
no hay nada mejor que un buen helado
para saciar los calores sofocante,
que acechan todo el día.
De agua, leche o crema,
todos son buenos y sientan bien,
por la mañana, después de comer,
por la tarde o por la noche.
Uno de los sencillos placeres de la vida
que en verano alcanzan su máximo esplendor.

FIESTAS

Esperadas con ansiedad por todos,
por fin llegan las fiestas patronales
y de los pueblos.
Fechas festejadas por todos con alegría,
puesto se juntan familias, amigos y conocidos
para deleitarse con los típicos festejos
que se dan a lo largo y ancho
de la geografía ibérica.

Las peñas, los toros, la bebida, las competiciones
y el buen ambiente se hacen presentes por cualquier

rincón para así dejar de un lado el tedio de la rutina.
Para escuchar las típicas noticias
de gente empitonada por los morlacos,
y en el peor de los casos fallecida.

Pero las orquestas no dejan de tocar
y las ganas de fiesta no cesan.
Por otro lado están las atracciones de la feria, las
típicas montañas rusas,
los coches de choques, la noria y cada año más
atracciones y paradas
para que los feriantes saquen su tajada
de tanto júbilo festivo.

LÁGRIMAS DE SAN LORENZO

Llueven del cielo cada año
en la calidez de las noches de verano,
dando un espectáculo fugaz a aficionados
y curiosos que se presten a mirar el cielo,
pero eso sí dejando la contaminación
lumínica a un lado y evadiéndose
de las ciudades para así poder disfrutar
de la llovizna de meteoros.

O de las lágrimas que brotaron del Santo
San Lorenzo al ser quemado en la hoguera.
Pero sin duda es una noche para contar estrellas
y para formular un deseo por cada una que se ve.

PISCINA

El remedio más socorrido al calor,
para los que no pueden ir a la playa
o a los que les queda muy lejos.

Piscinas municipales que sirven
para poder pasar el día
en la intemperie sin morir abrasado.

Y siempre con la figura del socorrista
para mirar de que se cumplan las normas,
que se cumplan en la medida de lo posible.

Puesto que con los que se cuelan
para no pagar entrada, y los que amenazan
a los socorristas siempre surgen problemas,
así como también algún roce racial con
aquellos que hacen de las piscinas sus
bañeras personales.

BBQ

Chuletas de cordero, chorizos, morcillas,
y un largo sinfín de manjares sin olvidar
las sardinas, la sepia, las gambas
y tantas viandas que especialmente
echas a la parrilla, realzan
su sabor y se convierten en toda una religión.

Especial liturgia la de su encendido,
unos con alcohol, otros con periódicos,
otros con ramas, y todos con el mismo propósito,

hacer fuego para que se consuma
la leña o el carbón y
que queden las brasas para realizar su cometido.

Ya sea echa en casa o en el campo,
siempre entra mejor regada de unos buenos
tragos de cerveza o tirando de porrón.

VACACIONES

Todo el año esperando este momento,
miles de familias se disponen
a disfrutar del merecido descanso laboral,
y se lanzan a las carreteras para llegar a destino
poniendo siempre en alerta a la DGT con su
operación salida de las vacaciones.

Otros van más lejos y optan por avión y barco
y mientras unos disfrutan del relax,
otros esperan impacientes el relevo
para poder marchar al igual que
sus predecesores hicieron.

Unos a la playa, otros a la montaña,
otros al pueblo, otros a descubrir ciudades,
y los menos afortunados en casa para no gastar,
aunque se empeñen en que se está muy bien
en casa sin hacer nada.

VUELTA A EMPEZAR

Como los incendios de verano
que arrasan con todo
lo que encuentran a su camino,
y las tormentas de verano
que llegan sin previo aviso,
el fin de las vacaciones
y la vuelta a la rutina
llegan sin que nadie
las espere, causando
un gran estrés y conmoción.
Vuelta al trabajo, a no parar,
a estar pendiente del reloj,
a ser esclavos de los ritmos
frenéticos de la ciudad.
Peor caso es el de los padres,
acarreando con los correosos
hijos que no quieren volver a clase
y teniendo que hacer frente a los
temidos gastos de la vuelta al cole.

OTOÑO

Viento soplando
Tristeza marrón y gris
Hojas marchitas.

VERANILLO SAN MIGUEL

Ya se muda el verano de piel
y el otoño llega sin tardar,
más todavía el calor impera
y son días que aún se suda.

Todavía se puede gozar de las
delicias del verano,
el frío aún queda lejos,
pero uno no se ha de despistar.

Pues a la vuelta de la esquina
se avecina el amarillo,
el marrón y el viento
barriendo los demás colores.

EL PILAR

Llega una de las fiestas nacionales
más polémicas,
para unos motivo de alegría y reivindicación
para festejar y promover
valores patrios y nacionales,
para otros motivo de protesta por todo lo contrario.

Y algunos despistados que ignoran que se festeja
el descubrimiento de América.
Que seguro no fue tan celebrado por los dominados
al enterarse de la que se les venía encima.

Pero al fin y al cabo día festivo,
y el primero del otoño que sirve para coger aire
e irse preparando para la llegada
de tiempos más fríos.

GRIPE

Llega el momento de su visita anual
y todos nos echamos a temblar,
ojos vidriosos, dolor de cabeza
mucosidades brotando cual
surtidor de las fosas nasales,
y todo alrededor nuestro
lleno de pañuelos para
intentar frenar la procesión
que emana incesante.

Por otro lado los llamados
colectivo de riesgo, hacen cola
para que les suministren o
les pongan su vacuna anual
para así poder frenar previamente
tan incómoda visita.

LLUVIA

La lluvia despierta de su letargo
y se deja caer con gran presencia,
llueve y no deja de llover.
Todo se va mojando
y la tierra se va nutriendo.

Esplendorosa época para los
amantes de las setas,
pero gran tedio para los
que ven como se anegan
sus bienes preciados,
por las ya típicas riadas
y desbordamientos de ríos.

Desfiles de paraguas por las calles
y la gente corriendo arriba y abajo
para esquivar cada gota de agua,
botas de agua aplastando charcos
es la diversión de los pequeños,
mientras son regañados por sus
padres que les ven empapados
y próximos a coger un catarro.

CAMBIO ROPA

Ya es definitivo
el calor se ha ido,
ahora toca encontrar y buscar
la ropa de invierno.

Reencontrarse con
jerseys, bufandas, chaquetas,
también el no encontrar
prendas que parecen
haber sido perdidas.

El darse cuenta que se ha
de dejar de lado la alegría
del verano y sus colores.

Coger los edredones,
el pijama de verano
y dar un vuelco entero
al vestuario, para mudar
la piel con prendas
de largo y mayor abrigo,
y prepararse para el frío.

DIA DE TODOS LOS SANTOS

Uno de Noviembre, día de todos los santos,
se comen castañas, boniatos, panellets,
se bebe moscatel y se recuerda a los difuntos.

O al menos antes era así pues Halloween
se ha instalado con fuerza devorando como
muertos vivientes las costumbres locales.

Todo se llena de disfraces de terror,
de calabazas y se convierte en un fecha
mas para que, a parte del gremio de floristas
otros aprovechen también para sacar tajada.

Mientras para unos es diversión y entretenimiento,
para otros es una gran fecha
para poder hacer negocio.
¿Y de dónde viene el Halloween? de América
diremos todos,

sin embargo sus orígenes son de origen celta
y servían para celebrar el fin del verano.

LUCES NAVIDEÑAS

Cada año se ponen antes o eso parece
y nos encontramos a principios de Noviembre,
con las luces de Navidad ya puestas en las
calles principales y más comerciales
de todas las ciudades, anunciando así
que se abre la veda para que los comercios
cacen a los consumidores.

No hay vuelta atrás, con el cambio horario
anochece antes y las luces Navideñas
nos susurran que ya hemos de empezar
a gastar y comprar para hacer felices
a nuestros allegados y familiares,
cubriéndolos de regalos para así
rememorar el nacimiento de Jesús.

ANUNCIOS

Nos rodean por todas partes,
no se puede descansar ni un
solo instante,
pues por todas partes
nos invaden anuncios de
colonias, ropa, comida,
juguetes y mil cosas
más pues se acerca
la Navidad, y tenemos que comprar.

Como zombis llenamos los centros comerciales
sedientos de comprar y gastar dinero,
no pensamos, sólo compramos
regalos y más regalos,
estamos absortos por tanta luz
y colorido que apenas reaccionamos.

LOTERÍA

Llega el momento de soñar
de dejar libre la imaginación,
huir del día a día y refugiarse
en sueños y esperanzas
que se puedan hacer realidad
gracias a la lotería de Navidad.

Jugar siempre el mismo número,
tener supersticiones y costumbres,
apostar por un número que contenga
algún tipo de significado relevante
por acontecimientos sociales,
comprar en el mismo sitio,
comprar lotería del trabajo por
si toca no quedarse con cara de tonto.

Comprar con amigos y familiares,
tener participaciones de comercios,
bares, restaurantes...
y un sin fin más, con lo que nos
acabamos juntando con miles
de papeles por todas partes,
y habiendo gastado una auténtica fortuna,

para poder cambiar de vida,
hacer los sueños realidad
o tapar algunos agujeros.
Eso sí, si resultas premiado.

FIRA DE SANTA LLUCIA

Las grandes plazas y centros neurálgicos
de las ciudades, se ven invadidos por miles
de paradas que todas a su vez venden lo mismo:
figuritas para el belén, caganers,
abetos, adornos para el árbol de navidad,
caga tiós, ramilletes de la suerte
y miles de objetos que hacen Navidad estos días.

Da gusto pasear y contemplar
lo que cada parada expone,
aunque a veces sea deporte de riesgo
por la multitud de gente que deambula o va
pegando bandazos, para encontrar
exactamente aquella figura que buscan
y al mejor precio.

Y como no, hay que ir con cuidado porque con tanto
revuelo los amigos de lo ajeno
siempre están al acecho.
Sin embargo estos mercados
nos acercan la Navidad,
y rondar por ellos y ver lo que cada parada
tiene expuesto, es casi una tradición más
como el hecho de mirar belenes.

COMPRAS NAVIDEÑAS

Llega el estrés
de tener que regalar,
de comprar regalos
y no dejarse a nadie
por olvidado.

Luchando en los centros
comerciales por encontrar
el regalo adecuado y
dando y recibiendo
empujones por doquier,
también de confeccionar
el menú de nochebuena
y de Navidad.

Embutido, paté, gambas,
polvorones, turrones, mazapanes,
y un sin fin de manjares
para empacharnos y no
poder ni levantarse de la silla.
Interminables comidas y cenas
que se prolongan durante horas,
más todo sea por reunir la familia
y dejando de lado el nacimiento
del niño Jesús, juntarse con los
familiares y recibir regalos.

VILLANCICOS

La banda sonora de la Navidad
retumban a todas horas y
por todos los rincones.

Que si peces que beben en un río,
pastores de pitanza,
chimeneas que exhalan fum fum,
tamborileros pobres que tocan su tambor.

Burros que llegan tarde a Belén
y demás "fauna" que se junta para celebrar
el nacimiento del niño Jesús.

Dejando de lado todos los problemas y
preocupaciones
para festejar que llega su "salvación"
con el esperado nacimiento.

¿Y qué de verdad hay en todo ello?
pues quien lo sepa que tire
la primera piedra.

Mientras los problemas reales no desaparecen
sino que quedan tapados con tanta
luz, con tanto villancico y con tanta factura.

www.ingramcontent.com/pod-product-compliance
Lightning Source LLC
Chambersburg PA
CBHW071248130726
47998CB00003B/1097